趣味と実利の二刀流

凡人が非凡に暮らすテクニック

五十嵐 大
IGARASHI Dai

文芸社

趣味に勝る二刀流なし（趣味と実利は御親戚）。
好きと嫌いは、毒と薬も同じこと。
好きな事物に命を懸けて、嫌いなことに時を捨てるな。
無精者、楽をするのに命懸け。
出る杭は打たれるたびに味が出る。
常識を非常識化する新世界。

今日の日を明日も同じと思う馬鹿。

若い時こそ月謝を払え、歳を取るほど高くなる。

世の中に無意に存するゴミはない。

（犬のくそも、牛の糞も違う価値がある）

負うた子に教えられ、至るところに先生はいる。

終活に卒業（卒寿）近し置き土産。

目次

凡人が非凡に生きる時、人生は面白い

趣味と実利の二刀流

凡人が非凡に暮らすテクニック

はじめに　趣味に勝る二刀流なし

〝趣味と実益は御親戚〟。何だか葬儀の文面のようだが、「現世において『趣味と実益』だって？　この世知辛い世の中をなめたそんな非常識があるか」と言われる方は多いと思う。これを是として生きてきたと言えば、頭の良い天才でもない者が、誇大妄想か老人の自慢話だと思うだろう。

しかしこれは、私が長年（約九十年）生きてきた記録から導き出した事実であり、末永く生きる皆さんに少しでも参考になればとの思いで書き留めた。

とかく若者は自らの不遇を環境や時代の変遷を理由にするようだが、太陽が東から昇り西に没するのも、雨が天から降るのも地球（自然）がある限り変わりない。人間が進化して、頭脳だけで手足が千手観音のようになったり、退化して猿に戻るなど、想像の域を出るものではなく、常識の非常識化とでもいえるだろう。

したがって、時の常識に順応して生きることは各人の判断で決するものであるから、善し悪しは自らの判断によれば良いと思う。

特に若い人達が将来の運命を左右することについては、同じ考えで行動すれば必然とその結果も同じようになるだろう。

ただ、ここで必須の条件は、更に思考する意志と体力である。世界諸国の独立も個人の生命も同じ大原則は〝天は自ら助くる者を助く〟である。近年、ウクライナがロシアに侵略されたのを世界の大半の民主主義国家が救済に向かったのも、大方はその原則に同調したためと思われる。

なお、言い残したとすれば、これはあくまで激動の世代の生き残りの意見であるということだ。時々刻々と変わる世の中では、降る雨も川の流れも同じ水が戻るとは限らないが、何分かの参考になれば幸いである。

第一章　生業の選択

「欲望は生命の源泉である。自ら欲するもの（知識、物欲、快楽も）、それを具体的に生業《なりわい》とすることに飛び込め！」

極論ではあるが、三日と続かなくとも納得の端緒くらいは摑めるかもしれない。若いうちの月謝（授業料）は安いはずだ。

もし人生に無駄な時間がないというなら、その時間及びエネルギーを十指に分割して同時に進行させれば苦痛も少なく、しかも効率的に短時間で学べると思う。

更に極論すれば、たとえ〝ままごと〟的であっても、一刻を真剣に過ごすならば後顧之憂《こうこのうれい》にはならないだろう。なお、肝心なのは、自身に向かないことは極力避け適性に合致することのみを残し、他は全て切り捨てて記憶のみに残すことだ。そうすれば後々の社会情勢の変化に対応でき大変役立ち、決して無駄にはならないだろう。

私は基本的には技術型であった。合理主義者の心づもりで更に合理性を求めるも、少々不足を感じていたので、時に易学、運命学、相学、方位、宗教等と各種学校での講義を数年にわたり受講してみた。結論として、向かないことは極力排除して、向くことのみ主軸となす以外はないことを悟った。その選択こそが後の運命を決定づける。

ここで、前述の欲望を充足させる生業を参考として次に提げる。常識で馬鹿々々しいとなめてかかってはならない。
・金が欲しい＝金融業（高利貸を含む）

・家が欲しい＝不動産業及び賃貸など関連産業
・自動車が欲しい＝自動車販売修理業
・家電機財が欲しい＝家電販売修理業等
・食料に困りたくない＝食品加工＝飲食業・食品関連生産業
・衣料に困りたくない＝被服・アパレル業など
・特に異性の情に感心が強い＝モデル等サービス業（水商売を含む）
・土木建築に強い関心がある＝土木建設業
・音楽芸能で身をおこしたい＝芸能事務所、興業など
・官公庁に関する仕事＝官公庁特需、商社など

以上、業種などを列挙したが、単純にこれらを生業としてただちに選ぶものではなく、当初に述べたあらゆる欲望の充足手段の参考であり、世間一般の常識である。ここから単純にかつ深掘りしてよく吟味する必

要があるので、あまり安易に考えてはならない。

……では具体的にどうするか？

なお、私は、年代別に電気機器、自動車販売修理、精密機械・測量機製造、土木関連機材、官公庁を選んで行動し、終局的には法人として約三十年間にわたりその業務を運営した。

ここで私が重ね重ね強調したいのは、これらの事物を得るには、その業種に近いものを選ぶと同時に、嫌な部分を自分なりに改造して、いわゆる〝自分の趣味の仲間〟に引き入れるのが大切ということだ。そして、どうしても適性の合わない部分は代替する方法を開発すること。絶対に我慢をしないことだ。

単純に考えてストレスを溜めないこと。人間は大変多様性のある生きものであるから、事物の好みも善し悪しにも大差はあるが、嫌なことも社会のニーズに従って、食品の調理の如く食べやすく加工して好むように変えることが肝要である。趣味・実益の方向に引き寄せることができれば、苦痛が少なく喜びのある生活ができるはずである。以上はあまり難しく考えず、体当りすることだ。失敗すればまた知恵も出る。

●まとめ

・趣味に勝る二刀流なし。
・頭の良いことは全てが万能ではない。それぞれ寿命も違う。
・同じ考えで行動すれば結果もまた同じ。失敗を恐れず、子供のように、「どうして〇〇なの？」と、てらわずに純粋に追求すること。
・自身を含めて物事の本質を見極め、わずかな違いを感じ取れ。

私は昭和二十九年春、大学二年の時北海道に旅行して、同じ花でも本州と色の違いや感触がまるで違うことに驚いた。（これが自然及び社会環境の違いか）と、外国かと思ったほどである。なお、この年の秋に洞爺丸沈没事故があり、強い印象に残っている。

・人間は多様性の生きものである。生まれる時も一人なら、死ぬ時も一人だ。無駄な時間はないはずだ。

・社会のニーズを選んで趣味にする。

これすなわち趣味と実益を兼ねた生活の手段だ。

（遊びごとではなく真剣そのものだ）

・〝思い立ったら吉日〟と思い、明日と言わずに何でもやってみろ。先生や教材は至るところにある。世の中には〝負うた子に教えられ〟という言葉がある。自分が成人男性で、女児を負っている場合を考えてみよう。〝子供でも女性でもない自分〟とは正反対の存在が、その違いや無知を教えてくれるわけである。そういう存在なくしては気が付かないことや分からないことの方が多い。その、違いや無知を教えてくれるのが〝先生〟なのではないか。ただしそれを知るのに月謝はいらない。納得したら次に進め。足踏みするな。

・欲望はエネルギーの根源だ。非欲でもストレスは発生する。ゼロなら早く退場しろ。

・欲望解消には、欲する事物を取り扱う生業に近づけ。さすれば必ず何かが手元に残る。

・現代文明世界は法人個人を問わず、いわゆる契約社員だ。したがって、自己責任と配分がそれだけ重くなる。

・サラリーマンの原則は、月収と同等以上のサービスの提供は勿論だが、月収＝売上と考えれば、それが一定ならば仕事＋服装・靴・保険料など必要経費＝仕入とし、その効率及び内容を吟味し按分《あんぶん》すること。すなわちその差が収益だから。

・戦争そして疎開が教えてくれたこと＝人間の生存は本来自然だが、大変難しい。ただ、考え次第で大差がつく。

・知恵と努力を怠り、ただ時を費やすな。自然に生じた生物ならそれにまかせて手を出すな、不幸をひろげることになる。自助努力の手助けを。

・生存が厳しい現在、人間復興には、物心共に充実してゆとりある生活と安定を伴う必要がある。

第二章　生業で成功するには

人間の幸、不幸は身心共に感じるものである。私も余命を意識できる年になり若者に物申すもおこがましいが、長年無駄飯を食ってきたお礼に一言申し述べたい。

刻々と変転する時代に、若者といえども夢などを見ている暇はない。大きな視野から自然を眺め、躓《つまず》かないように足元を見つめ、明日と言わず、今日、ただ今、自分ができることを確実に実施していくこと。失敗を恐れるな。ただし無意味な努力は極力避けよ！　必要以上に頭を下げたり媚を売ったりせず自然体でいけ！　さもないと疲れて長く続かない。

　また、権力者に忖度することなどは危険をはらみ、価値のない労務や価値の低い物品などをだまし売りするに等しいことである。

　ここで私が特に強調したいことは、くり返しになるが、人は頭の良し悪しではなく自身の適性に応じた生き方を選ぶこと。不適なことは極力さけて、昔のように不適な事でも努力次第で道が開けるなどと言っていられる悠長な時代ではない。歌の文句ではないが、〝あとから来たのに追い越され　泣くのがいやならさあ歩け〟だ。いたずらに長生きしたとしても意味がない。

　私と同世代で早世した石原裕次郎君を見よ。心のままに短い人生を燃やし尽くしたではないか。それに比べれば私が数十年長生きしたとしても、ただ惰眠をむさぼった時間の多いことは否めない。強いて言うならば、この命の終わる瞬間まで、どんなにわずかでもプラス思考でいきたいと思う。それは私が人間だから。

古い話だが、太閤秀吉が生きた時代で、ほとんど財産や資産のない百姓の子に生まれた者であっても、人間生きるため、大言すれば世のため人のため、また自分のためにできることが必ずあるはずだ。そこで間違ってもマイナス思考（反社会的事物も含めて）になってはならぬ。なぜならば、人生における限られた時間を全部とは言わないまでも無駄にする可能性が高いからだ。

時代《とき》の流れや人の運で（天災など、ほかに選択の余地のない場合など）まわり道や一直線で成功不成功は判じ難いが、いわゆる四柱推命論、運命論などを参照しても意志のない行動はできれば避けるべしと言っているようだ。察するに当時の社会は現在と比較にならぬほど生業に対する選択の道が厳しく限られた時代であった。物乞いと大差のない物売りや行商、また、分限者や権力者などの下働きや警護などしか生きる道がないと思われた時、秀吉は全知全能を費やして己の責務を全うし、他者の追従を遠ざけた。すなわちプロ精神にプラスアルファのアイディアを加え、短期間に次のステップ（より高度でスケールの大きな望ましい仕事）に進めるよう心掛けた。任務の好き嫌いを超越して可能な限りを尽くしながら、常に次期に備えたこと、これは全く夢でもなく超現実の積み重ねにほかならない。事の真偽《しんぎ》は別として、今に伝えられた歴史的逸話だが、成功への道筋は今も昔も変わらないと思う。

現在の世相を見ると、一部の科学技術のみが異常に発達し、人間における精神文化は衰退気味で大きくバランスを欠いているようだ。特に我が国においては、一部を除き若者達は無気力で不勉強の上希望や目標すら持たず、その責を他人のせい（親の世代、不実無能な世襲政治家や環境など）にして自らの原因は少ないと考えるふしがあり、誠に由々しき問題だと思う。たしかに世の指導者や環境の激変や両親等の怠慢もあろうが、我が国は明治以来世界の大国と伍して一流国となり、また敗戦で焼き尽くされ、飢えと向き合いながらもなお世界一流の経済大国まで昇りつめた。その苦難を乗り越えてきた世代が今や老年となりいわゆる団塊の世代と交代した。唯物的ゆとりができはじめ、基本的な教育の手を抜いた結果が原因の一つではないだろうか。またその間、近隣諸国（中国はじめアジア、アフリカ地域など）の急激な追い上げを適当に利用し、かつ努力を惜しみ、長期にわたり（二、三十年間）惰眠を貪ったことが最大の原因で、国民総所得（ＧＮＩ）も世界一、二位から今や三十三位まで落ちた（二〇二一年調査）。もはや手遅れの感ありだが、放置すれば再起不能になるはずだ。

ここで私は声を大にして申し述べたい。

現在の若者も良質で勤勉な日本人の血を受け継いだ子孫である。やればできるはずだと目を覚ませ。

宇宙時代の今日、世界には現在のロシアのようにその潮流に逆行する国もあるが、時間の問題でやがて衰退するだろう。またここ数年来の激動は若者達にさえ夢を見させる余裕などなく、現に成人年齢も周辺国と同様（十八歳）に引き下げられた。

相当な覚悟をもって生きないと戻る席がないことになる。したがって世界における一人の人間として己の立ち位置を見直す必要がある。

今全世界には八十億人の人口があるというが、日本の若者がどの位置にいるかをよく考えてみることが肝心だ。

次に提げる項目は、私が世界各国を旅して感じた我が国の印象だが、現時点の話では、必ずしも正確とは限らないように思う。

・所在場所…自然、気候、風土概ね良好。自然災害多し。

・国土面積…山丘多く平野部狭小。

・人口…過多で密度高く食料自給率は極めて低い（年齢構成などを変えて、ほかの文明などと比べても五千万人くらいが限度ではないか）。

・天然資源…化石エネルギー、鉱物資源とも貧しい。

・海洋権益…過大にして負担大きい。

・政治…自由資本主義にして治安良く自由度大であった。

・軍事…主として欧米中心で現在までは比較的にバランス良く、徴兵制もなく平和度は高い。

・文化…長い歴史があり、教育水準も高く中産層が多く社会的問題は少ない。ただし、個性を伸ばす教育や社会教育面では遅れている。

・産業…商工業が盛んで大部分を中小が占め、技術水準が高い割に労働生産性が低いという後進性を含むが、海外資産と共に黒字国である。三十年前まではGDP（国民総生産）も世界一、二を誇ったが、今や三十三位まで下落した（二〇二一年調査）。

・観光資源…自然、文化と共に観光資源多く、治安、交通、衛生共良く近年世界一、二位と評価された。これは世界の一流観光国（スイス、アメリカ、スペイン、フランス、イタリアなど）を抜いたことであり、極めて恵まれた存在である。

今日、特に地位、名誉、財産もないごく普通の日本人が一通の旅券（パスポート）及び数枚のクレジットカードとわずかな現金（米ドルや日本円など）を持ち世界中を旅する時、概ね歓迎され、安全に歩くことができるのは、他国に対して多大な信用と相応の国力があればこそである。だが世界は常に流動的で、日本は既にピークを過ぎており、今後とも油断なく努力を重ねる必要がある。ただし観光については発展の余地もあり、大変希望が持てる。

以前にも述べた通り、これは明治以来先達や諸先輩の血の滲む努力と知恵、そして戦中及び戦後世代の必死の働きに負うところが大きい。

私も三十数年にわたり百か国以上を旅したが、大きな問題は生じていない。

今一度言う。若い君達が希望やエネルギーを失って全てを喰いつぶすなら、この国は周辺国から侵略されるか人口減と共に自然消滅するほかないだろう。

大変厳しいことを並べたが、これは私が九十年近くを生きてきて世界をかい間見た体験からの感想だ。少しでも参考になれば幸いである。

ここで話は少々戻るが、もとより私は天才でも金持ちでもない、ごく普通の人間で、ただ物事の本質に強いこだわりと興味があっただけである。ついでに言うならば少年の頃は学校やその授業が好きではなかったし、本質は怠け者なので身の丈以上は手を伸ばそうとはしなかった。ただし消極的平和主義で無駄なエネルギーは絶対に使わず、他人との争いはないから平凡で長続きもするのが長所であった。だが、人生それではあまりにも進歩がないので、人間的生き方を考え直し、少々色気を求める方が良いと思ったのである。

翻って現実を見返すと、二十代の終わり頃には既に妻子もおり両親とも健在で、当時中流の会社でごく普通のサラリーマンとして生活していたが、戦中戦後の過酷極まる少年時代を想い起こし、少しばかりの成功体験をエネルギーの根源として、無理せず欲望を腰だめにしようと思い立った。

そこで人間的で泥臭い話だが、いつもの通り人間の多様性を生かし、自分を含め再び物事の本質を見極めることから始めることにした。

よほどの天才でもない限り、生まれ育った環境や努力によって大いに変わることができると思うが、同じような考えで行動すれば結果もまた同じではあるまいか。今日の如く大変進んだ時代では、世界と個人が国や団体を超えてどんな仕事にしても広義の契約社員のようなもので、概ね自己責任になるだろう。したがって個人における幸不幸も自身の行動に大きく左右され、ますます格差社会になること必定な気がする。

万有引力を理論づけたニュートンのような天才ならいざ知らず、前述の通りごく平凡で普通に生まれた私は学校や勉強ぎらいの怠け者のたぐいで欲望も比較的小さかった。が、多様な生物の棲む大自然を観ると、怠け者の典型が随所に見られるがそれが大変合理的なので感心した。

例えば熊が冬眠したり食虫植物が栄養を得たりするように、私も最小のエネルギーであまり争わず身の丈に合った暮らしをしてバランスを取っている。もっとも、最近では少々変化してきたようだが……。

人間といえども、全く別世界で生きることなどできはしない。だが幸か不幸か、私は人間として生まれたからには、あまり悔いのない生涯を送りたいと思う（手遅れかな？）。

今までの話はいささか堅苦しく老人特有の専断的な話が多かったと思うが、これ全て事実から生じたものであり、戦中戦後の社会を反映した部分が大半である。

次に述べることは、今までが泥臭かったとすれば、少々生臭い話である。具体的な方法論や実践論で少しは参考になればと思う。

人の世は単独で断片的に存在することは極めて少なく、過去・現在・

未来を論ずる時、過去すなわち歴史から考察する必要がある。

つまらぬ例で申し訳ないが、例えばネクタイの幅やデザインが時と共に巡廻しているように見えるが決して同じものに戻ったりはしない。前述の如く、また降る雨や川の水も同じことだ。

第三章　自らの体験から

　私は昭和十五年から三十五年くらいまで青少年時代を過ごした。昭和九年の学校社会のグループで早生まれであったから、昭和十六年の太平洋戦争開戦当時、東京で国民学校第一回生であった。それから同四年生までは東京で両親と過不足もなく暮らしていたが、やがて戦況も急迫していった。当時の情報源としては東京日日新聞やＮＨＫラジオ放送などであった。受信機に至っては全て配給制で、放送局型再生式三球ラジオや四球式百拾弐号型などを主として東京の平野部では普通に聴取できたが、電波状態が少し悪いとすぐ不具合となった。戦況の悪化と共に新宿・渋谷から笹塚に至るまで空襲が激しさを増してきたため、学校から新潟方面に集団疎開することとなり、同県刈羽郡高柳村字坪野の広斉寺《こうさいじ》に定宿した。

昭和十九年の冬場は大変な豪雪で、深い所では積雪が四、五メートルとなり二階から掘り上げて出たりするほどであった。電線は寸断し、停電は十一月十九日頃から五月末まで続き、ランプ生活の上、寺の居室は大型の掘り炬燵が三か所程度置かれていたものの零下二度から五度で人々は皆飢えと寒さに苦しめられた。

それでも皆〝欲しがりません勝つまでは〟を信じ、一丸となって校庭に蚊帳の吊り手や火箸など生活用の金属小物や鉄くずまで供出し、桑の木の皮や松の根なども山積みとなった。

当時は疎開先でも結核死が絶えず、豪雪だった我々の坪野分教場でも一日中焼き場の煙が侵入し目やのどの痛みを強く覚えるほどであった。やがて田植えも終わり季節が進むと、今度は雪どけの水害が起こって、人手不足のため我々は稲起こしに動員された。湿田のため胸まで泥田につかって作業をしていると頭上高く悠々と敵機（B29）が新潟方面に飛んでいくではないか。周囲の大人達は口を開けば「日本は絶対に負けない」と言うが、わずか十余歳の子供にだって何かが変で、本当か？と訝しく思えた。強い軍人や役人先生など偉い人達の厳命なのか釈然とせずにいたが、敗戦と同時にはっきりとその矛盾が分かった。

　玉音放送のあった数日後に学校へ行くと、宮城遥拝《きゅうじょうようはい》（皇居の方向に向かって敬礼する行為）を強く勧めていた先生がまるで手のひらを返したように何のためらう様子もなく御真影に蓋をして、教科書の戦艦や大砲に墨を塗れと言う。これは戦勝者（アメリカ政府）が敗戦国（日本政府）に命じただけのことで、我々個人からすれば、世界あり、敗戦日本あり、そして仮政府ありで、時代により変化はあるにせよ、奴隷にもならずに済み、本質はあまり変わりないと思った。

だから何度でも言う、物事の本質を把握せよと。当然生きていれば敵もいるし見方もある。

本質を知らねば、少しくらい頭が良くても決して勝てはしないと。

ここでもう少し少年時代の話を続けよう。

特に当時、雪深い冬の新潟は、都会育ちの子供には大変危険であった。自然は豊かだが、順応性に欠けるとすぐに生命をおびやかされる。当時は現在と違って特殊な金持ちでもない限り、スキーなど本物を見ることもなかったが、三、四キロの通学路でもスキー板と雪メガネ（手製で、セルロイドに墨を塗ったサングラスのようなもの）と雪靴（ワラ製またはカンジキなど）がなければ、一度《ひとたび》荒天になると容易に遭難するからだ。また、人家の近所とて例外ではない。殊に春先は道を外れると至るところに雪庇《せっぴ》ができて、それが落下した際に命を落とすこともある。私もこの頃、雪目（雪の反射光による網膜損傷）になり、強い光が耐え難く涙目になった。これは現在も治癒していない。

また、学校の行き帰りに注意して見てみると、冬でも雪の積もらない場所や油質の所があることに気づいた。当時その場所の水質検査を先生に頼んで、採取した水を郡役所へ持参したことや、油分の分析などを熱心にやったことが想い出される。大変面白い場所となった記憶がある。場所は違うが、後に奈良県の十津川村では河原の一部でわずかに温度差のある所や味の違う水の出る所は、後にガス田や温泉地となったりしていた。

終戦後しばらく、二、三か月くらいは疎開先にいたが、学校長をしていた父親が奈良県勤務であったためとりあえず東京に戻ることになった。十月末でまだ雪はなかったが相変わらず交通の便も悪く、信越線安田駅まで歩き上越線宮内駅で乗り換えてひたすら荒野を走り、翌日深夜上野駅に着くと誰彼の区別なく全員が上野公園に向かい野宿となった。わずかの枝切りを集めて仰向けになると、今までとは打って変わったように辺りは静かで、天空いっぱいに星が青白い光を放ち、これが敗戦日本の上野公園か、〝国敗れて山河あり〟とはこんなことを言うのかと思った。

次に社会の激変について少し話したい。その後私は父の勤務先である奈良県立吉野林業学校の官舎で家族全員で同居することができたが、ここがまた山奥で交通の便が非常に悪く、近鉄大和上市《やまとかみいち》駅からのバスが運休していたため山路を約一日かけて歩くより方法がなかった。全く知らない土地への一人旅。小学五年生なので、大人が一人大和上市駅まで迎えにきてくれた。幸い天気も良く大変嬉しく二人で吉野川沿いの山路を歩き、彼持参の米を澄み切った川水で焚き、久し振りに米だけの食事をとって汽車の長旅で汚れた体を洗い、夕刻現地に到着した。この時はじめてもう戦争は終わったんだと感じた。

しかしそれは全くの錯覚で、多感な少年を決して甘やかしはしなかった。

父の任地の奈良県は元々〝大和豊年米食わず〟の言い伝え通り周辺県が不作の時のみ少量米ができたという所で、まして吉野地方は林業地帯で農地は皆無に等しく、戦後の極端な物資不足や超インフレで（食品等は千倍~二千倍）公務員や先生などの月給支払いの遅れや格差がひどかった。当地方は山林労働者が多数であったが、彼らから〝先生干物〟と陰口を聞かれたこともあった。

特にこの地は山深い所で排他的な気風であった。まして父は教師という当時では名誉ある地位にいる。常識的に闇行為（闇米の買い出しなど）はできるはずがない。

当時母は東京宅の訴訟で不在、二歳の弟を私に預け、また父は公務多忙で県庁と学校間の問題で出張が多く（戦後の混乱と学制改革、教員ストなどの兆候が出始めた頃であった）不在がちのため、子供ながら私は父の名代で、西河集落の食料品などの配分会議に出席せざるを得なかった。排他的な気風に加え官配教職員への反感が相まって、黒く光る大人の目線に心を射抜かれたような感覚が今も記憶の隅にある。

更に当時アメリカによる〝ドッジ・ライン（戦後実施された財政金融引き締め政策）〟や〝シャウプ勧告（日本の租税に関する報告書）の秋〟なる言葉が飛び交う中、超インフレや通貨整理のための銀行閉鎖や新円切り換え・証紙流通などの余波で我が家の食生活は文字通り家畜以下であった。電力に至っては停電防止と称して〝ローソク送電（供給電圧を八〇～九〇パーセント引き下げ、ローソクの光の如く暗く点灯する）〟が行われ、各所で工場設備や製材機のモーター類の焼損などで大変不便をきたした。

当時、特に大都市の場合、ラジオ再生方式は高周波増幅管も少なくコイル型共振装置のため変調音——ピー音が出やすかった。そのため科学雑誌や専門家を訪ね廻って修理法を学んだり分解組立てを試みるうちに単巻《たんけん》式変圧器（オートトランス）の仕組みや、マツダランプの東芝（東京芝浦電気）、ナショナル（松下電器産業）など、各メーカーによる考えの違い（設計思想）を少しずつ感じられるようになっていた。そこで私はラジオの単巻式トランスを思い出し、銅線を巻き直して電圧上昇機を作って試したり、空き缶の底板を外して周囲を電極となし俎上で燃料不要の簡易調理器を作ったりした。その際は、理科教室から借りてきた交流電流計を接続して料理の内容や塩分を調整して調理時間を決めた。

また学校行事（体育祭など）に使用する拡声機用のマイクロフォンが大変古く使用不能であったので、以前に読んだ科学雑誌を参考に作ってみることにした。当時一般の機械の技術水準が低かったため、理科室から雲母石を取り出し板状に継ぎたしながら、乾電池の極材やザラメ糖や当時配給されたキューバ糖を加熱して黒炭にして粉末にし、さらにふるいに掛けてカーボンマイクの基材を作った。全てを総動員してお粗末ながら何とか使用に耐えた。

これらは必要だから間に合うことを実行したまでで、当時では何も特別なことではない。しかしごく普通の少年が多感な時期に戦争や天災など環境の激変を受けたため大人の領域に触れすぎて一時思考停止することもあったと思う。

父親は旧制中学や実業学校の校長で奈良県を中心に各地を転勤していたので、私もそれに合わせて転校も多く経験した。そのたびに電気、時計、機械、自動車の技能者に密着し商店に入り浸るということをしていた。そこで技術を習得し次第に年齢不相応の収入を得て、学資の一部や大好きな旅行や大型オートバイなど大人顔負けの行動を取るようになっていった。父は校務多忙、また母は東京で家を守って裁判を争っていたので私についてはあまり目を光らせることもなかった。四歳になった弟は私に預けたままだったので世話や洗濯があり、全く自由とはいかなかったが、それでも好き勝手な考えで社会生活を実験することができた。

それから数年を経て、時は昭和二十四年の冬。朝鮮戦乱の前年で敗戦の後遺症は多くあったが、世の中まだ物資不足であったため、何でも、また、まがい物まで売れた。

私の主たる育ちは東京なので関東系の雰囲気がしみついている。当時は同じ日本の国でも関西とは民族が違うほど歴史、文化、生活習慣などがまるで違うので驚いた。当時山手線電車内では、大阪弁は肩身せまく小声で遠慮がちに会話していたものであるが、時間とともにしだいに馴染んでいった。

ここで関東、関西（代表的に東京と大阪）の目立った違いを列挙すると次のようなものである。時を経て融合してきたが、その本質はあまり変わらない。なおこの程度のことは頭の良し悪しに関係なく、義務教育をマスターしていれば想定できるはずだが、次のことは、少々時代差や地域差もある。

・商い…サンマ・イカなどが豊漁だと、大阪では商売と無関係な大家の玄関先に並べて売っているが、東京では全く見られない。また、一般の物売りにしても特殊な物を除きその価値さえ確認納得できれば売主の身分・年齢・風体に関係なく近隣が気軽に仲介したりする。また、〝ゴカイのドロボー市場〟なども面白い。大阪日本橋《にっぽんばし》にある電器商の集まる地域の一部に「五階百貨店」なる店があり、戦後間もなくは実際に盗品も売られていたという。なお、令和五年十二月に当地を訪ねてみたところ商店街は健在で、看板には株式会社ゴカイとあった。

・一般的マナー…東京駅などではホームに整列乗車するのに対し、大阪駅では列車が着くや否や窓から荷物の投げ入れや席の奪い合いが起こる。老人子供に配慮などなく、便所に至っては割り込みが普通に行われていた。車内における新聞雑誌の盗読は東京では少なかった。

・機械文明…かつての日本は機械文化の後進国であったため、東西で異なる規格であることがしばしばある。導入先や製造会社の違いによるものであるが、鉄道のレール幅や電力における周波数の違い、またトンネルの規格の問題など今日まで是正し切れずに尾を引いている。なお、当時は東海道線も名古屋静岡間はＳＬだった。

・文化面…関西はさすが千年の都の膝元だけあって、関東より人間の生存や生活文化が実生活と完全にからみ合っており、少々のことには動じない精神は見習うべきと感じた。

右における三項目は本題とは無関係で廻り道のように見えるが、各地人の本質を読み取り、違いの分かる例だと思う。

昭和二十五年、朝鮮戦争が激しくなった頃に私は父の勤務する高校（奈良県立大宇陀高等学校）に入学した。昭和二十六年には昭和天皇の御幸を迎えた名門校であるが、授業など頭に入らなかった。古時計や軍用ラジオの改造、鉛蓄電池の修理などが面白く、勿論大きな利益もあり、これが少年時代の成功体験であり、同時に大失敗の原因と怠け者のきっかけとなった。周囲の大人達が皆馬鹿に見えたので、学校に通うことを一時停止した。

しばらく休んで元気を取り戻し、大人の社会人としての生き方を考えることにした。本書に示した基本理念は変えず、生活技術を世の動きに連動させ、その能力を研磨する必要ありと思った。

前にも述べた通り他人と同じような考えでは結果もまた同じようですぐ行き詰まるだろう。そこで更なる志向を見出すのは、古典的で申し訳ないが〝自然を見よ〟そして〝先達を見よ〟である。先生は無数にいるはずだ、ただ気がつかないだけだから。

また〝違いの分かる人であれ〟。

わずかな違いを、侮らずよく注意して見れば分かるはずだ。

ここに実例を挙げると、土木工事用のボイラーや、全国的に行われたプレハブ式側溝工事（現場で木型を作りコンクリートを流していた旧来の工法から、工場生産のコンクリート製側溝を現場で組み立てる方式が出てきた時代だった）の側溝設置用クレーン装置や水道用逆流防止弁付定圧バルブ等の開発は、長年にわたって専門業者ができ得なかった事物であった。しかし、全く未経験で素人の私が短期間かつ小費用でそれらを完成させた。冬季の国道七号線や橋梁（妙見橋ほか二橋）、砂防ダム工事など税金を使う公共事業にその工法や設備を用いるために、採用の正当性ならびに合理性を証明する必要があった。発明者の名義は私個人としても、使用権や特許申請等の諸費用は施行者負担または比例配分するため当方の負担は軽く済み、文字通り趣味と実益を兼ねた理想形であった。

次は土木関連用品…晴雨水中同時チョーク、これは土木工事の石積みや腰壁《ようへき》工事で作業工程や中間記録ならびに完成検査時に側面や添木などに必要事項や数字を記入する時に使うものであるが、途中で風雨で流れて消えない筆材である必要があった。写真撮影時には必須であったが適当な商品は皆無であった。

そこで私は最初に水中チョークを作り、テーブル試験→拡大試験→実用試験→現場試験をくり返しサンプル製作の上、当時文具老舗の天神白墨に材料部分支給で製造を依頼しストックさせた。当時白墨の製造は一箱百本入りで単価が低く、その利益は二円五〇銭ほどだったそうであったが、私の物だと小売価で一箱一万円で、ばら売りはさせず販路は当方の指定であったから長続きした。

またその間九州方面で一本三〇円でまがい物が出たそうだが、品質が悪く評判は落としたという。

これなども技術指導と原料のみであまり出費がないので趣味と実益の部に入るだろう。

少々難しい物件は使い捨ての巻尺だ。大手のセキスイ包材（株）に全

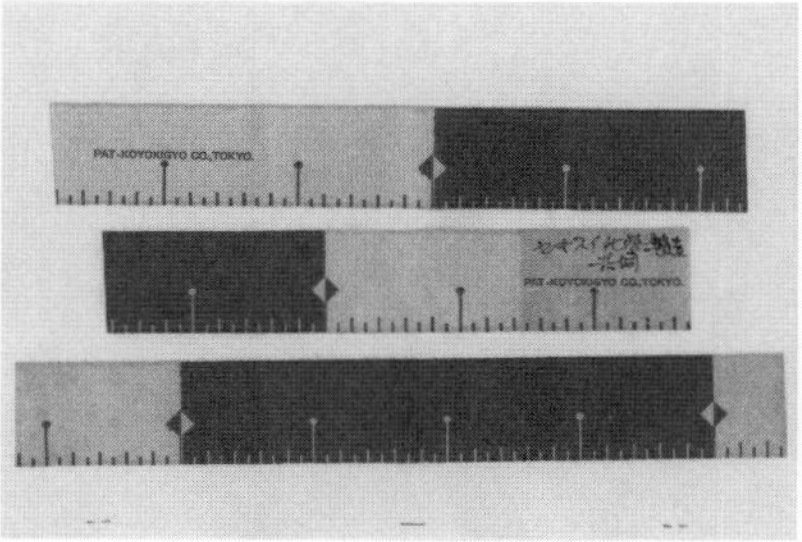
商品化された使い捨て巻き尺

て我が社名「光洋企業（株）」で開発を依頼したが、温度湿度による材料の伸縮や輪転機の微細な印刷ズレなど、材料技術共に大変難しいものであった。完成は見たが、ほかに法的な問題もあり商慣習等で苦心した。これは損はしなかったが大した実益には至らなかった。しかしあきらめず深追いする価値は充分あると今でも思う。

一流会社や官公庁といえども、新分野、新技術、新商品企画に優れて具体性があれば、小さな会社であっても（ちなみに、我が社の最終資本金は二〇〇〇万円であった）必ず相手をしてくれる。

昭和二十年から三十年代当時は特許・実用新案等の申請は手書きで、図面やイラストは個人の手作りで済んだ。

動物と同じで競争が少なく、餌が多く、より安全な場所を選ぶこと。釣りでいえば（もとより私は素人だが）撒き餌で無理に集めるよりも、駄魚でも魚影多いところで釣りをすることだ。昔、鱧《はも》などは売れず捨てるといわれた魚が後に骨切りなどの技術によって高級食材化することもある。あながち徒労とばかりいえないまでも、〝下手な鉄砲数打ちゃ当たる〟の例かもしれない。

以前から音波による集魚法に興味があり、築地にあった魚船研究所の間庭《まにわ》博士から、音響による集魚法を御教授いただき手製の水中音響装置を試作した。各種の擬音を水中に流し、池水、湖水、海水（井の頭公園から相模湖ダム、千葉勝浦・小田原漁港）ほか各地で試みた結果、魚種とその傾向が少しばかり判明した。ここで一つ言えることは、種類を問わず最初に集まるのは必ず稚魚と幼魚で、時間を置いて親魚が集まってくるということだ。自然界の他の動物も、目新しいものに集まるのは若い個体なのである。

時代が進み、やがて大手メーカーが高度で大掛かりな魚群探知機の製造を始めたので本件はやむなく研究中止となったが、全てが徒労に終わったわけではなく、例えば市場価の十分の一くらいの費用で水中スピーカーが完成したことや、擬音や光で多様な魚が集まることが分かったことなど、得られたものもある。趣味が出発点であったとしても、真剣そのものの結果だから全く悔いはない。

まだ娯楽の少ない時代で寒い時季の屋外観戦などで暖かい飲み物が欲

しいと思う時を想像して、携帯用紙コップを利用し加熱用ローソクと小量の酒を組み合わせてその場限りの「おかん器」を考案したこともある。淡い光で防炎加工した紙コップのさし絵が浮かび上がるのを〝ぼたんどうろう〟の古説にちなみ〝おかんどうろう〟と名付けたものなどは全く趣味の域を出ていない発明であった。

それより数十年後になると思うが、第一次石油ショックの頃、諸資材が急に不足したことがあった、所有するアパートや家庭のほか一般旅館、民宿などが畳替えに苦労した時、変色を戻すと同時にイグサの香りを出す香料を開発して商品化し、大手商社やデパート等全国的に流通したことがあった。

そしてその名称を〝新妻たたみ〟〝畳リフレッシュ〟などとした。この商品はいまだに後発メーカーが存続している。これも「趣味と実益は御

「畳リフレッシュ」のパッケージ画像

親戚」の類だろう。

俗っぽく下品な表現だが、新商品を企画開発する際のポイントは以下の二点である。

〝他人《ヒト》の振り見て知恵盗め〟（方法論）

〝盗んだものなら倍返せ〟（道徳的社会論）

「サラリーマンは気楽な稼業ときたもんだ」と歌ったのは植木等氏（東洋大学文学部の先輩）だが、一般の人がサラリーマンとして一定の時間とその能力を会社などに売ったものであれば、給料（売上に相当）が変わらぬ以上、時間とエネルギー（仕入及びストックに相当）を合理的に調整して、その差すなわち利益が出なければ、子供の養育や財産の形成、現時点では金三千万円くらいといわれている老後の資金の準備、社会的負担や同貢献当も不可能だ。

このようにして生み出された利益の処分は全く自己責任に帰するものであるから、自己研鑽するも良し、次段に備えて財を蓄積するも良し、趣味娯楽に使ったり無意にサボることだってできる。

私も学校卒業後、実社会で十数年の間、英国乗用車の日本総代理店にサラリーマンとして勤務していたことがある。営業、サービスなどを経て用品部へ配属された。用品部では初期の車載用大型エアコンや航空機用安全ベルト、旧式のカーステレオなど特殊用品を扱っていた。まともな商品は少なく、新商品の発掘や開発がなければ当時の世相からしていわゆる窓際族の感のある部署であった。外国車輸入禁止継続中の状況からいつ廃部となるか不安であったし、既に年齢も三十半ばまできていた。そのため、生活の安定を計る必要から継続中の案件を含めただちに実行できることや条件を列挙すると次の通りとなった。

ただしこれらは会社や上司からのヒントや指図ではなく、自らの立ち位置（用品課長）から日頃から温めていた構想や企画が常に趣味化されており、出番を待つ役者の如く何のためらいや苦痛などもなかった。

以下は御協力頂いた会社及び開発者である。

・泥土及び降雪用ゴム製チェーン…浜ゴム工販株式会社、東京夢の島埋立地で試験

・自動車用飲料温水器開発研究…用品部

・自動車用携帯衛生器研究開発…デン化ボパール、CMC社ほか用品部
・自動車及び機械洗浄材「メタラックス」…N自動車三鷹工場ほか
（灯油代体制）フランスルノー（株）
・自動車用フレオンボンベ利用消防用品…A消防署相談、献策S洋服店。用品部
・木造ならびに中古住宅の断熱強化工法研究…整型外発泡スチロール提供、昭和電工の子会社昭和ボード（株）ほか

この間は比較的短いため、忘却を含めると枚挙に暇がないがサラリーのために無理なノルマをこなすでもなく、開発者は個人であっても法的諸費用や社会的責任は会社負担であったし、社内における地位給料も安泰の上、今後の社会的実績や知的財産の蓄積や対人関係などどれを取っても贅沢過ぎることであった。

この年私は三十五歳を過ぎようとしていたので、『論語』の通り〝四十にして立つ〟の実行に向けて助走に入るべく〝第三の人生〟を始める決心をした。

それは他人の命令や指図を受けずに社会的に独立してその糧を生産し配分することであり、その糧の有形無形を問うものではない。当然ながらこれまでの給料など権利義務はゼロから始めるわけだから、公私共社会的必要な糧を得る方法とその元手（資本金）は必須の条件である。

私の場合は若い頃から身についていた趣味の世界が即役立ち、特に木造の古家屋などの修理や再生活用などの面であまり意識せずとも十数年間の蓄積が会社設立の助けとなった。

次にその糧となるべき生産手段も田中角栄内閣の列島改造論の華やかなりし時で、土木関連事業は先述の通り、最も〝魚影の濃い〟ところといった感じもあり、諸官公庁の裏メニューともいえる特需や関連商品の開発を手掛ける「光洋企業株式会社」を設立してその代表者となり、十数年にわたるサラリーマン生活とは完全に決別した。

それ以降は文字通り必死の想いで趣味と実益を結ぶ世界に突入し〝趣味と実益は御親戚〟の運命共同体となった。

次に示す開発例には成功不成功各例あるが、何度も申し上げるが夢や天才の発想ではなく全て〝社会のニーズ〟から生じたものである。

現在のデジタル化や映像時代にそぐわない古い事例のようにも見えるが、当時の有力企業や社会が、身近に実現し得なかった技術や製品を素早く開発し用立てて隠れたニーズを掘り起こすことで事の大小や社会の変化に関わりのない事例であり、〝趣味と実益の二刀流〟に違うものではない。更に私の大きな趣味である旅行（世界百か国以上・温泉と健康の研究とその環境や成分収集など）に多面的にも役立つこととなった。

最後にもう一度言おう。頭が良くなくても違いの分かる人になって、〝子供科学電話相談室〟の如く素直な心持ちを忘れず、「どうして○○なの？」を一生保ち続けたいものである。

・豪雪地及び雪中視認用デリネーター…冬季自動車交通降雪危険地帯用反射器（長野県平湯峠、新潟県長岡国道にて実験条件※付き使用許可（※季節外は防雪カバーを外すこと）

・吊り橋等ワイヤーならびに金属部腐蝕点検記録セット…国道会津線で試験済み（早いうちに製品化されていたが、採用件数は少なかった。後に神奈川県丹沢で吊り橋落下による死亡事故が起こった時、これがもっと普及していればと悔しい思いをした）

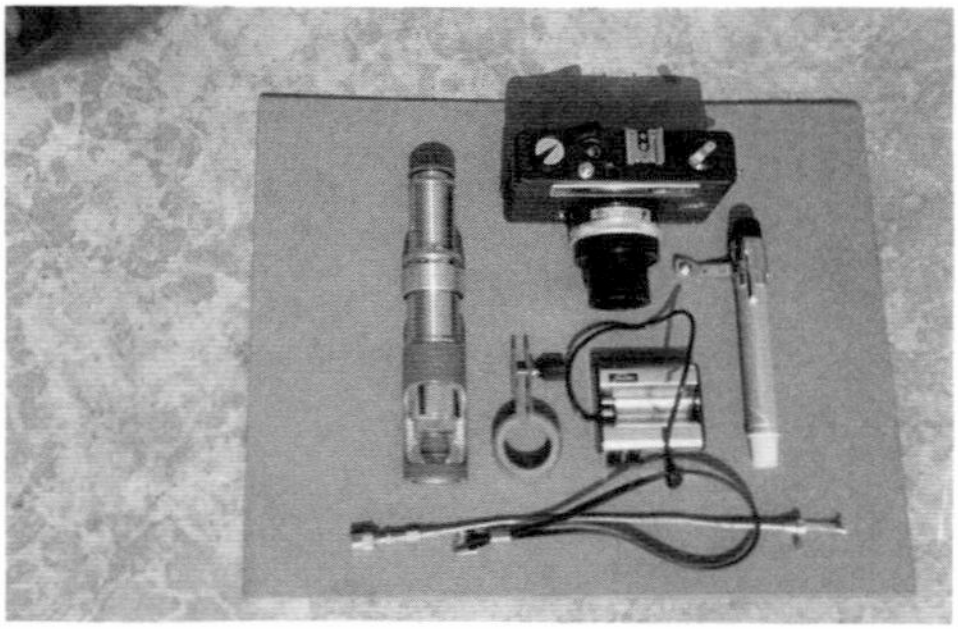

吊り橋等ワイヤーならびに金属部腐蝕点検記録セット

昭和42（1967）年、国道会津線で試験点検中の筆者

・電動式大型図面引出し収納機＝プランセレクター…大型現場事務所数台納入（ただし、現在はパソコンにより不要となった）
・工事用充電式サーチライト…新幹線終電時点検ならびに道路交通整理用無線機能付き及びトンネル点検用に使用（圧力式急速充電法パテント申請済完了）
・側溝工事用自動反転式クレーンアタッチメント…狭隘《きょうあい》山間道路工事用具（主として三トン車～五トンクレーン用。この頃、現場のコンクリート製側溝は全て工場生産のプレハブ工法となった）
・晴雨水中同時チョーク…土木工事の内腰壁や石積等の完成及び中間検査写真記録用白墨（天神工業用チョーク）
・使い捨て巻尺…土木建築一般
・光学定規…遮光体入水管の動きを電気的に検知し音響で示す、水平、

側溝工事用自動反転式クレーンアタッチメント（試作品）

反転機構の改良模型を試作中

完成した自動反転式クレーンアタッチメント

実際に吊り下げて確認中

垂直、傾斜等を観測する土木建築用光学式定規。各特許申請中

・逆流防止定圧バルブ…水道並に液体用高度発明品。特許庁公開済み

・コンクリート等凍結防止スチーム養生機数種類

（1）電源不要、分離・結合可、多段運搬型スチーム養生機…山地砂防ダム工事等―建設省仙台技術研究所において試験メーカーが立ち合わずに（今後これ以上のものは世に出ないだろうとの評価をされた）使用する水質を特に選ばぬ簡易ボイラーで、秋田県寒風山《かんぷうざん》海岸で使用。

（2）電動式中型ボイラー。特に水質を選ばず人力にて運搬でき、百ワット程度の小電力で使用できる。国道七号線の冬季、妙見橋ほか二橋、また青森県津軽ダム凍結防止工事等に

（3）小型携帯式…住宅基礎工事等小規模な工事に使用ほか

コンクリート等凍結防止スチーム養生機開発初期
（湯河原の研究所にて）

官公庁及び企業の協力を得て、本格的な実験棟で研究開発を進める

スチーム養生をしながら固めたコンクリートを測定中

実験棟にて、スチーム養生機を20台並べての実用実験中

実際の建設現場での活用（国道七号線、妙見橋など）

・脱臭香料＝営業マンが顧客訪問時に足臭などで気遅れとならぬよう業務の進展を救う目的で靴などに投入する〝白カーボン〟主剤の蓄香小物…商品名「アンサーセット」をデパートほかで販売

・現場予定表示用シート黒板＝タックシート状使い切り黒板…工事現場に限らず広範囲に使用した

右に提げた開発品や開発技術が自慢や才能などと誤解される向きもあるが、必要に迫られて真剣に取り組んだ結果であり、基本は個人的趣味や強い関心が発展しただけのことである。したがって趣味と実益の二刀は不可分である。なおこれを続けるには利益は必須であり〝芸は身を助く〟と言う通り、私が二、三十代で習っていた邦楽（新納《しんない》上野本牧《ほんもく》亭や堀派小唄見番《けんばん》）などは後日営業の助けとなったし、その想い出は今も心を豊かにしてくれる。

昭和二十五年頃高校の写真部に入り、授業もおろそかに暗室に入り浸り現像焼付にこり、引き伸ばし機まで製作した（当時現像液は自ら調合していた）。

やや時を経てドイツ・ベルリンに旅行に行った時、世界遺産や風景の自撮りの必要から当時出始めたプラスチック製の小型凸面鏡をカメラの正面に張り付けて改造したもので自己と自然を撮っていたところ、目新しがられて女性達が一緒に喜んで入ってきたが、今でもこの簡単な発明は傑作だと思っている。

激動の時代より命尽きるまで片意地張らずに自然体で飯の次に好きな世界旅行で各地を見分し、ストレスを溜めず趣味を通じて人生を研鑽できればと思う。全ての問題は自然が人間の多様性をもって解決するから。

ここまで大過なく生きてこられたのは自分と比較して大きな世界と趣味にしても命懸けでより真剣に取り組み、好きなことを最優先の生活の手段と考えて生きてきたからではないだろうか。

人格の形成は幼少の頃より確立する。

少年時代、学校の修身授業で習った二宮尊徳（神奈川二ノ宮町の社会啓蒙教育家）や「稲むらの火（和歌山県で村民多数の命を、脱穀寸前の稲束に火を放ち津波から救った庄屋の話）」、近江商人（三方良し＝売る人、買う人、世間良しの道徳観）などは今でも座右の銘となっている。

戦後、これらの話のような日本古来の倫理的教育を放棄し一見合理的だが利己的な欧米思想で混乱をきたした面もある。

またサラリーマン時代欲していた極小農園はセカンドハウス（週末、

交通機関で一時間くらいで行ける程度）を安価で供給できないものかと、ロシアの〝ダーチャ（旧ソ連圏における小農園付小屋）などを見学した。当然国情の違いもあるが、場所と規模を選べばあながち不可能ではないだろう。ただし土地は現在も確保してあるが、エネルギー不足のため中断している。蛇足のようだが、旅行、歴史、食料、土地とは趣味の一刀であることを加えておく。

なお、昭和四十六年に設立した「光洋企業株式会社」は約三十年間運営の後に売却し、私は代表取締役を辞した。

かくして私は明晰な頭脳や特別な資本もなく普通の家庭を築きながら世界を巡り、自らの人生哲学を確立した気でいる。

特筆すべき財産は残らなかったが、借財もなく、強いていうならば昨今巷でいう退職後年金のほか三千万円くらいの老後資金が残る程度ならできそうだ。

人生何歳になってもまだ終了したわけではないから大きなことは言えないが、大病や事故でもない限り大きく老後の人生設計が崩れることはないだろう。

趣味と実益が生活の手段などと大きく構えてみたが、物事の本質を見定めて社会のニーズの発想・発掘を進め、その本質とは何かを合理的に見つめること。迷ったら速やかに原点に返り情報を集め直し、利益の発生源をつき止め具体的に手助けする営業をなすこと。

・自然＝気候風土等の合理的要素。
・人間＝食欲、物欲、色欲、遊びの要素、道徳倫理的要素、合理的また非合理的要素、〝水清ければ魚住まず〟の如し、本質といえども絶対とはいえない。これは人間の多様性をもって処するほかはないであろう。

なお、次の事例は成功不成功は論ぜず分かりやすいものであるが、真面目に検討したものである。

・ハエの忌避剤開発…食品畜産業用剤（厳冬時、千葉県白浜町温床にて試験）
・飲食店舗用下水等防臭用器具（オゾン発生機）
・においの出る看板（香料発生装置付ウナギ、焼鳥、パン等の香気発生器、電熱または香炉式）
・居酒屋等悪臭防止及び害虫防止器、オゾン等発生装置（渋谷T店で）
・スナック等風俗店用（客寄せ特種香料、通称「ホレ薬」動物実験で公表）

第四章　まとめ――格言として

未来を生きる若者に告ぐ
夢など捨て大空を見よ！
広い天地に意味なく存するゴミはない
趣味・実益は御親戚
我八十九年生かされて世に何を報いたか
感謝こそすれ不満などない

・頭の良いことは万能ではない。それぞれ寿命も違う。

・同じ考えで行動すれば結果もまた同じ。

・自身を含め物事の本質を見極めて、わずかな違いを感じ取れ。

・人間は多様性の生き物である。生まれる時も一人なら死ぬ時も一人だ。

・社会のニーズを選んで趣味にする。これすなわち趣味と実益を兼ねた生活の手段だ。遊び事でなく真剣そのものだ。

・思い立ったら吉日と思い何でもやってみろ。先生や教材は至るところにある。納得したら次に進め。足踏みするな。

・欲望はエネルギーの根源だ、欲望がなくてもストレスは発生する。ゼロならすみやかに退場しろ。

・欲望の解消のためには欲する事物を取り扱う生業をやれ。そうすれば必ず手元に残る。

・現代文明世界は法人個人を問わずいわゆる契約社員だ。したがって自己責任と配分がそれだけ重くなる。

・サラリーマンの原則は、報酬と同等以上のサービスの提供は勿論だが、月収＝売上と考えればそれが一定なら仕事＝仕入の効率を勘案して配分せよ。すなわちその差が収益だから。収益なくば再生産なし、家畜も同じ。

・戦争そして疎開が教えてくれたこと＝人間の生存は自然だが、大変難しい。ただ考え次第で大差がつく。

・目先の同情で困窮者に四日目の食事を考える。自然に生じた生物ならそれにまかせて手を出すな、不幸を拡げることになる。自助努力の手伝いを。

・厳しい現在、人間復興のためには物心共に充実してゆとりある生活と安定を伴う必要がある。

人間の幸不幸は心身に感ずるものである。余命を意識できる歳になり後に物申すもおこがましいが、長年無駄飯を喰ってきたお礼に一言申し述べたい。

凡人が非凡に生きる時、人生は面白い

第一章　短い人生を二度生きる

良薬は口に苦しとはいえ、こんな本は見たくないと思う人もいるだろうが、あえて伝えたい。

概して社会的地位の高い人は自らのプライドと現実世界のミスマッチに気付けず、不満をかこっている場合が多く見掛けられるように感じられる。

これはあたかも日本の高度な技術で作られた工業製品（FeliCaといった日本独自の技術方式を採用した高性能スマホ）や４Ｋ・８Ｋといった精細テレビのようなものだ。世界の一般市場ではそのニーズに合わないか、無用の長物であったりする。

人もそれと同様で、社会で高評価を受けた過去を現在も同じかその延長と錯覚して、現時点での評価変えや変更を試みないようになる。

そうならないためには、普遍的価値があるか、合理的判断に欠けていないかを整理する必要がある。

現代社会における大半の人々が、凡非凡にかかわらず、時の流れや運命に左右されたり、凡庸に過ごしたり、あるいは過激なまでにストレスを溜め込んでいる。

ならばなぜ表題の如く〝凡人が非凡に生きる時、人生は面白い〟といった表現が出現するか？

それはあなたが人間だからである。

人間が社会生活を営むには、その構造や組織権力などとある程度バランスを保たねばならないが、そこで各人が生活の手段や生き方に制限を受けることになるので、当然心身共にストレスが溜まり、無意識裏にも改善のエネルギーが蓄積される。

そこで年齢や貴賤《きせん》を問わず、今からでも非凡な生き方に賭けるかは、諸条件とあなたの強い決断力に期されるだろう。

さて、ここで人生における凡非凡について述べると、世の中に絶対などあろうはずもなく、何事も座標に見られる通り近似値をもって判定しているに過ぎない。

現に、人間が解明できない地球の存在や宇宙の果てや由来などについて長きにわたって学習してきたという事実が、順調に過ごした人が不満や不安を覚えた時や自信をなくした時、その解決の一助になるだろう。

人間とは大変多様性に恵まれた生物で、長い苦痛にも、また安楽にさえも飽きたり退屈が起こる。これは他の生物にあまり見られない現象で、一種の進化であるとも考えられる。

人心の〝退屈や浮気〟心は、良くいえば進化の証であり、精神的容量（キャパシティー）の余力である。これを善導するには、意識、無意識を問わず非凡な生き方に近づけ、心の糧を補充すると同時に社会の進歩に貢献することだ。それができれば幸せだろう。

ならば人生の幸不幸が凡非凡とどう関係してくるか？

考察すると、今あなたが比較的恵まれた環境にあって世の自然の流れに従って平凡に生きることに不足を感じないなら、日々平凡な具体例を積み重ねて安住した方が、労少なく退屈などもない。

自然界の膨大なデータから、個人が過去・現在・未来にわたって生きている意識を発見できないはずはない。もし今、あなたの価値能力が社会に評価されていないと感じたら〝時〟〝場所〟〝方法〟が独断的で合理性を欠いていないかをもう一度吟味し、自然の法則に大きく外れていないかを検討し、〝ゼロ〟から出直すことを勧めたい。

第二章　非凡に生きるとは——凡度表を参考に

次に挙げる別表は、私が独自に考えたことで、独断と偏見も含まれる。そのため、納得できる事項のみを参考にしていただきたい。なお、これらは私が卒寿近くまで生きて更に精進し、導き出したものである。

人間の生き方で〝凡非凡〟や〝幸不幸〟は個人自体が具現化し感じることであるから、他人が介在するものではない。自然界から生まれた人間が自然の節理に従い、更にそれを活用することができれば最高の非凡といえるだろう。

常に非凡には可能性と危険性、平凡には安定性や退屈が同居している。この選択権はあなた自身にある。もしあなたが、第一の人生を終了しかけているとしても、少しでも不平不満を残すより、時間の許す限り最善を尽くして納得できる方法を選べれば幸せだろう。

今までお耳障りの悪い理屈を述べてきたが、表題にある通り、非凡に生きることが〝面白い〟のでなくてはあまり意味がない。原理原則は別として、何度も申し上げる通り、各人各様の感性の違いを別として、生物としての人間は、時に日々の行動や生活に制限を受けることや抑圧されることを厭《いと》うと思う。

非凡に生きるということにおいては、人間社会の規範や道徳、法律に違反しない限り、全てを自己責任において全く制限を受けることなく自由に行動が可能となる。

〈ボンド差×欲求　―あなたはどう生きるか？―〉

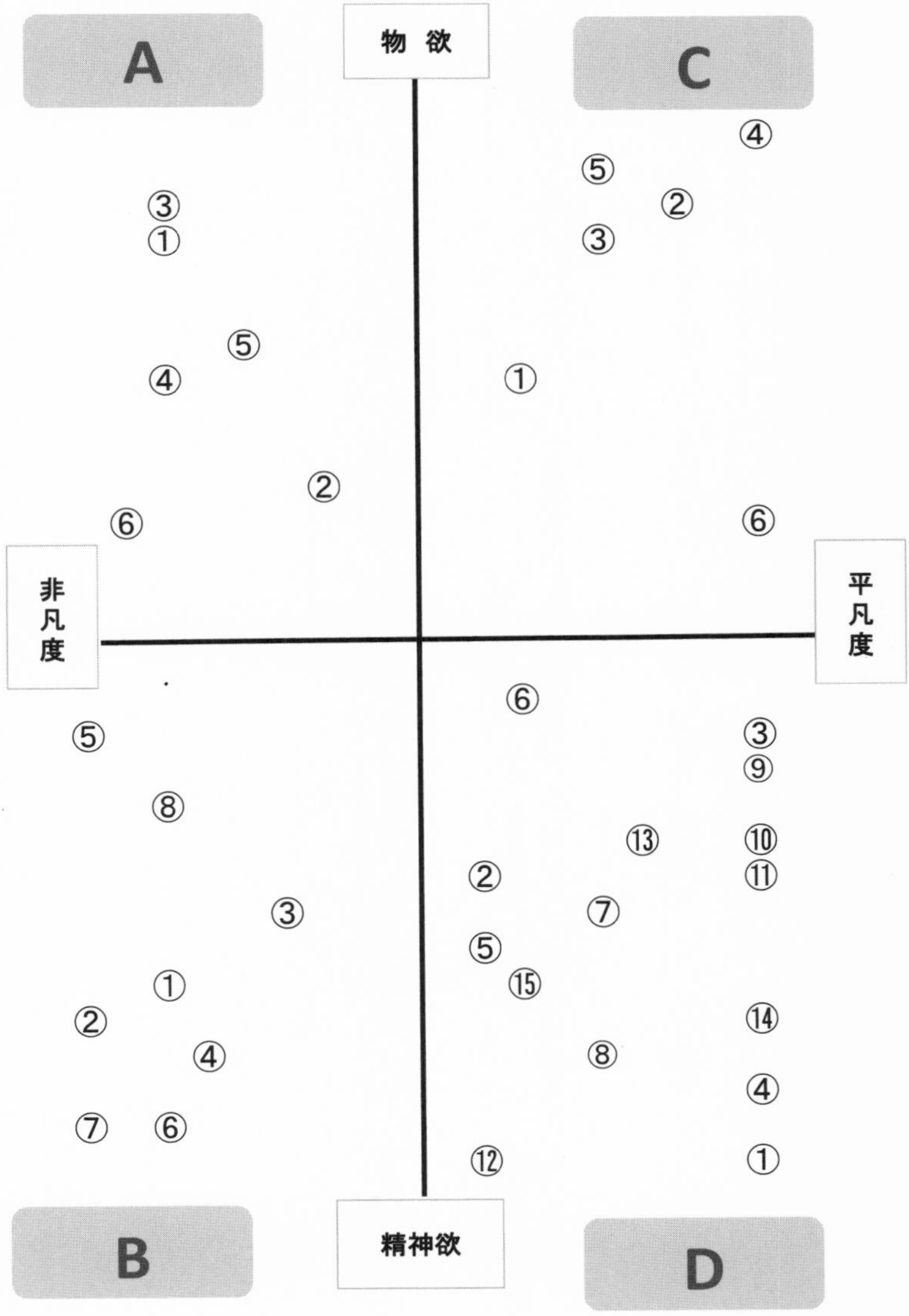

これは洋の東西を問わず人間の基本的本能であり、幸福追求の重要部分である。

Ｐ91にある図にある「ボンド」とは、私の造語であり、平凡・非凡度を〝ボンド差〟として、欲求との関連を表したものである。ボンドはすなわち〝凡度〟ということだ。この図は、座標中央を〝0〟として、平凡・非凡度が中心から両端に近くなるにしたがって上がるようになっている。今後の行動の参考になれば幸いである。

人生が面白いと感じるのは、既存の考えによってのみ発生するのではなく、制作過程に伴ったり、行動と共に出現したり、あたかも女性が身につけた香水の如く、いく重の香料と融合して時を経て完成するもので、良し悪しや幸不幸は他の誰でもなく、あなた自身が吟味するものである。

A 非凡度が高い×物欲が高い

（図の左上ゾーン）

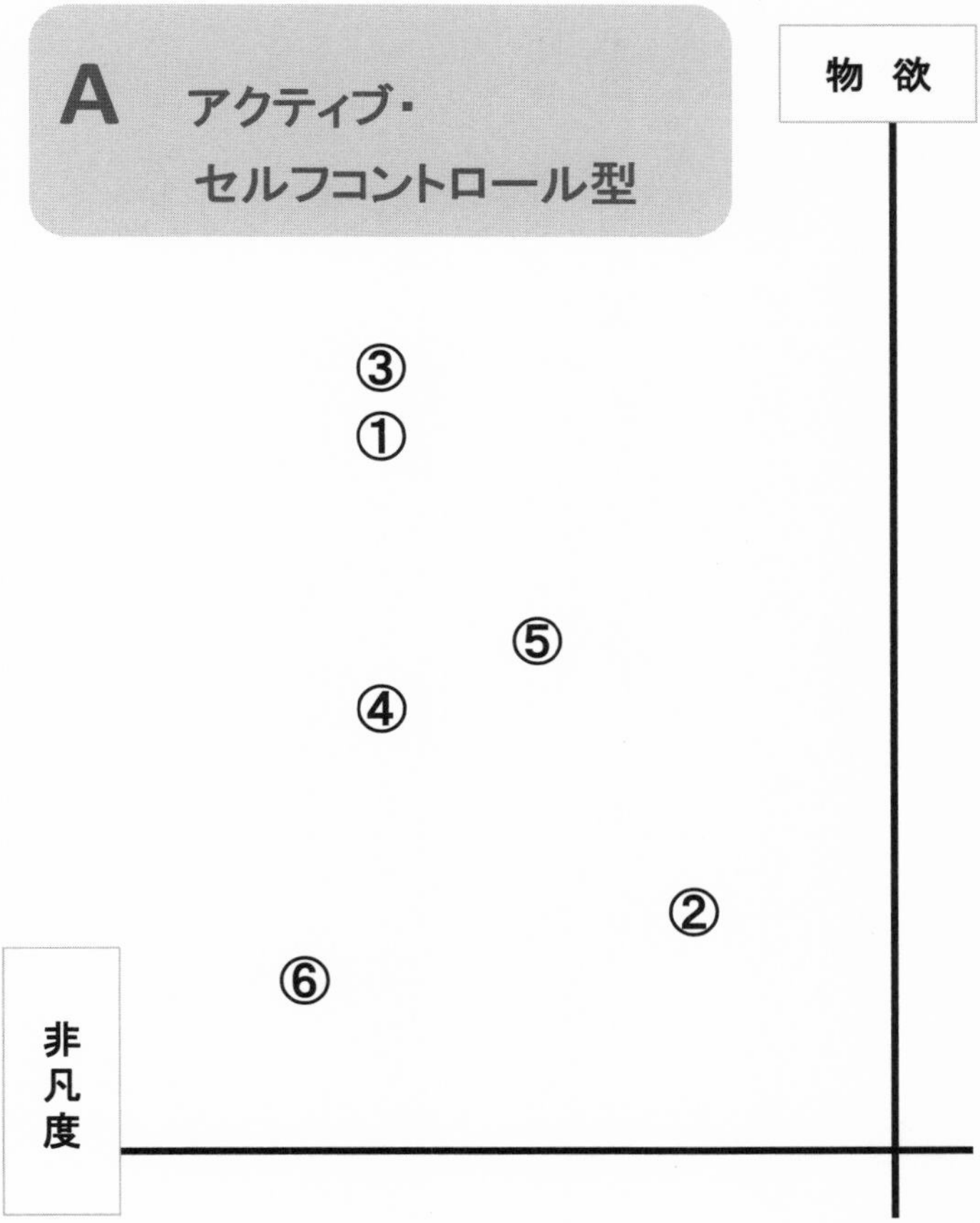

Aの図中の①から⑥の意味は次の通り（以下BからDも同様）。

①常識を信用しない。自らの心情に無関係な周囲の思惑は無視する

②失敗を過度に恐れない。

③交際する相手を初めから身の丈に合わせる必要はない（自身が努力成長すればよい）。希望に制限をつけない。

④生活の手段は、納得と満足を得られたかを重視する。

⑤先達の成功や失敗にとらわれず自身で学ぶ。人生は運命も含め総合能力だと確信している。

⑥常識・非常識に差のあることを感じたら、解明できるまで投げ出さない。

B 非凡度が高い×精神欲が高い

（図の左下ゾーン）

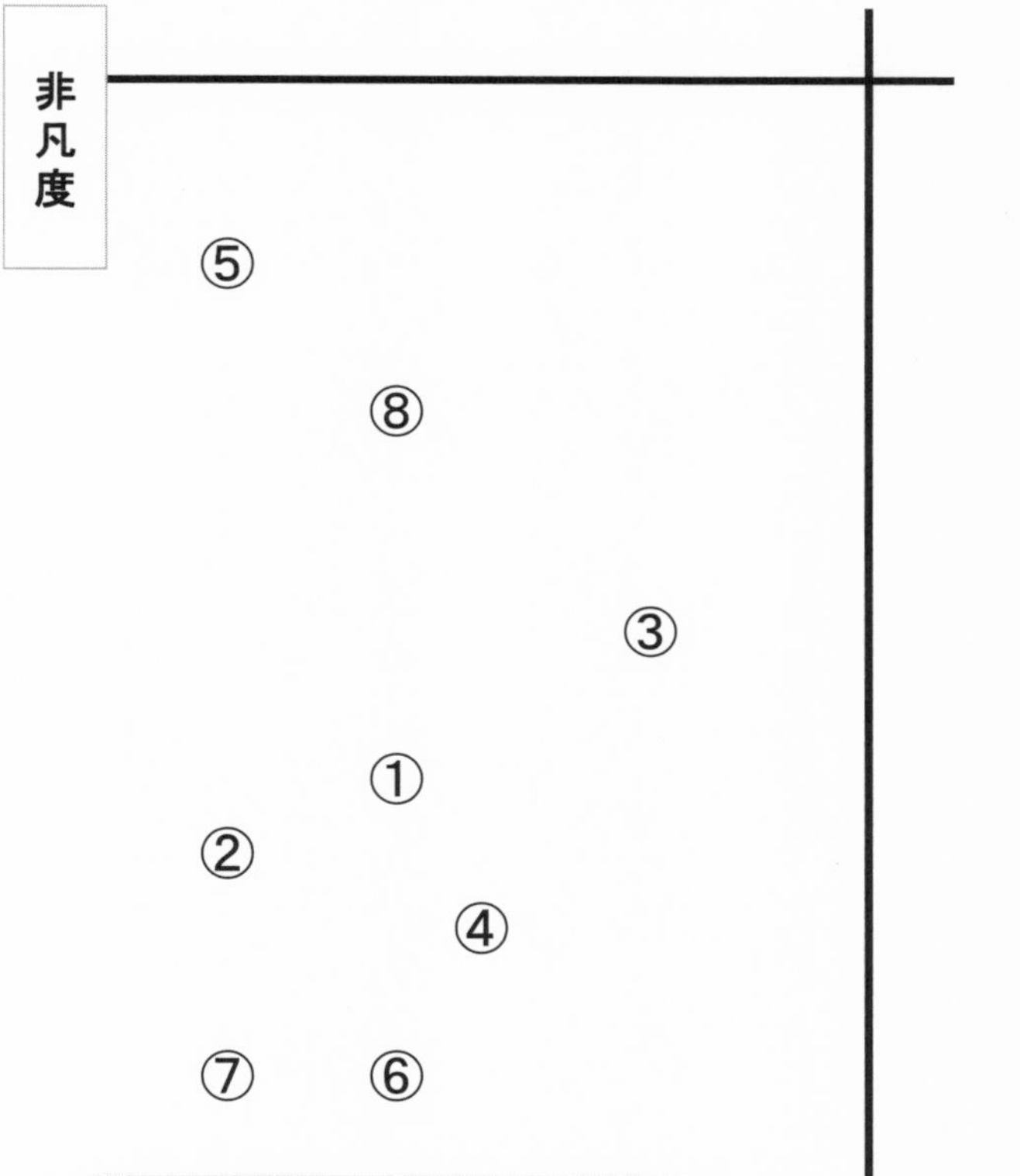

B パッシブ・セルフコントロール型

①法、倫理の範囲内にて、物力、財力、支配力（権力）、名誉欲など、その全てあるいは一部を必要なだけ求め、既存の思考にとらわれることなく行動する。これを成就する能力や世の中の空気に関係なく、自らが価値を感じることにのみ邁進する。
②大意の浮気は心の不満をうめる手段だ。
③義理人情に関しては、自身の価値判断で。
④渡る世間の鬼を喰え（利用価値があれば何でもＯＫ）。
⑤行事や旅行なども、流れに合流することなく、全て自らの合理的判断で決定する。
⑥人間は万能ではないと理解し、相手のみに全てを求めない。
⑦どの場合でも現況に満足しない。
⑧趣味に対する評価が高い（通常の範疇を超えるもの）。

C 平凡度が高い×物欲が高い

（図の右上ゾーン）

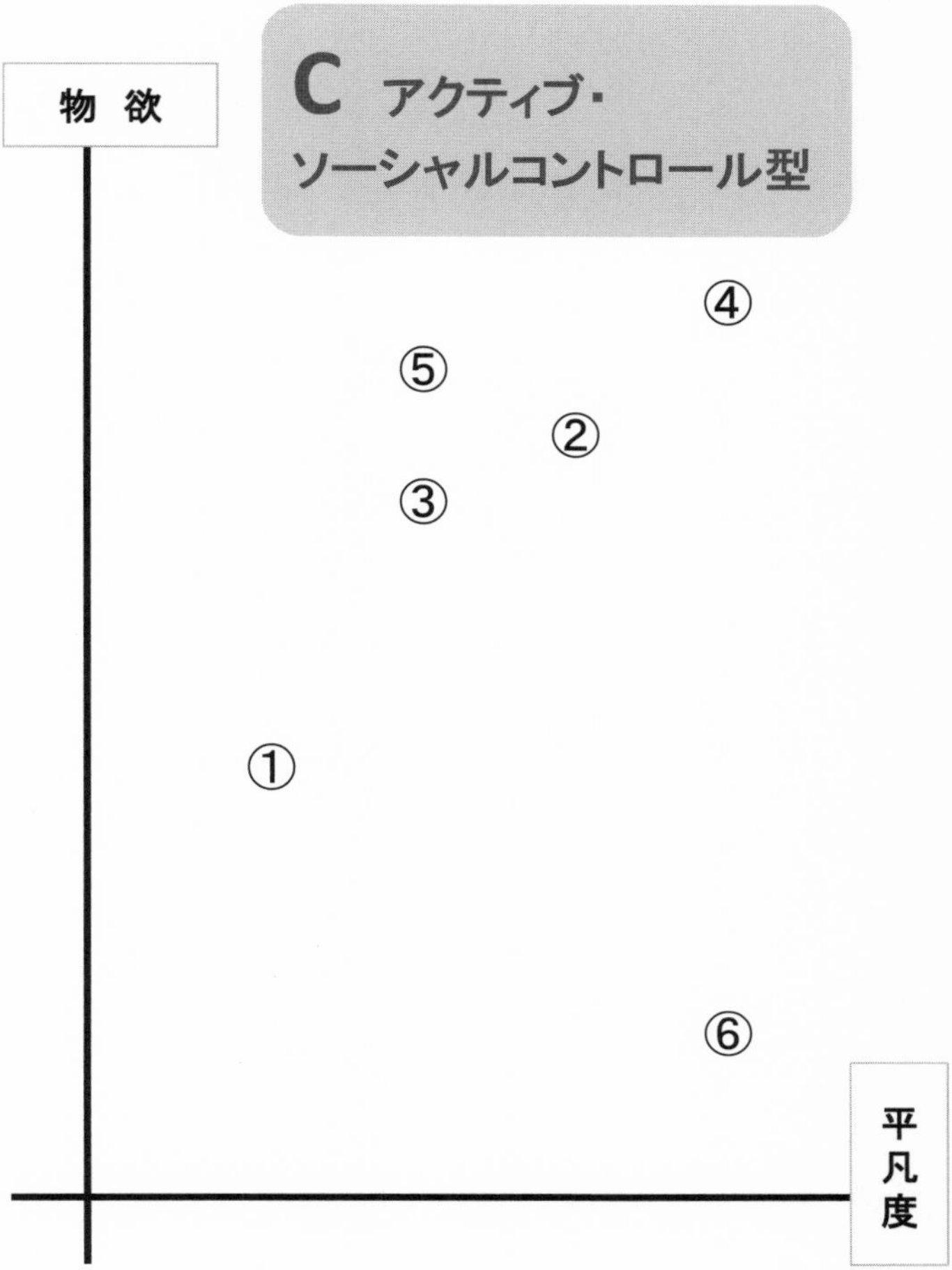

①普遍的衣食住より上質な物質的希求より高度（向上心を妨げない）。
②時期に合わせた生活ができる財力（通貨共に）。
③身の丈に合った交際相手を獲得（安定）。身分も含む。
④平均的家族と健康を保ち、平均寿命を全うする。
⑤無理のない職業を得る（近親、子供らが大過なく暮らせることが第一）。
⑥先達の成功や失敗はデータとして受け止め、自分からよく吟味して体験すべきという考え。

D 平凡度が高い×精神欲が高い

（図の右下ゾーン）

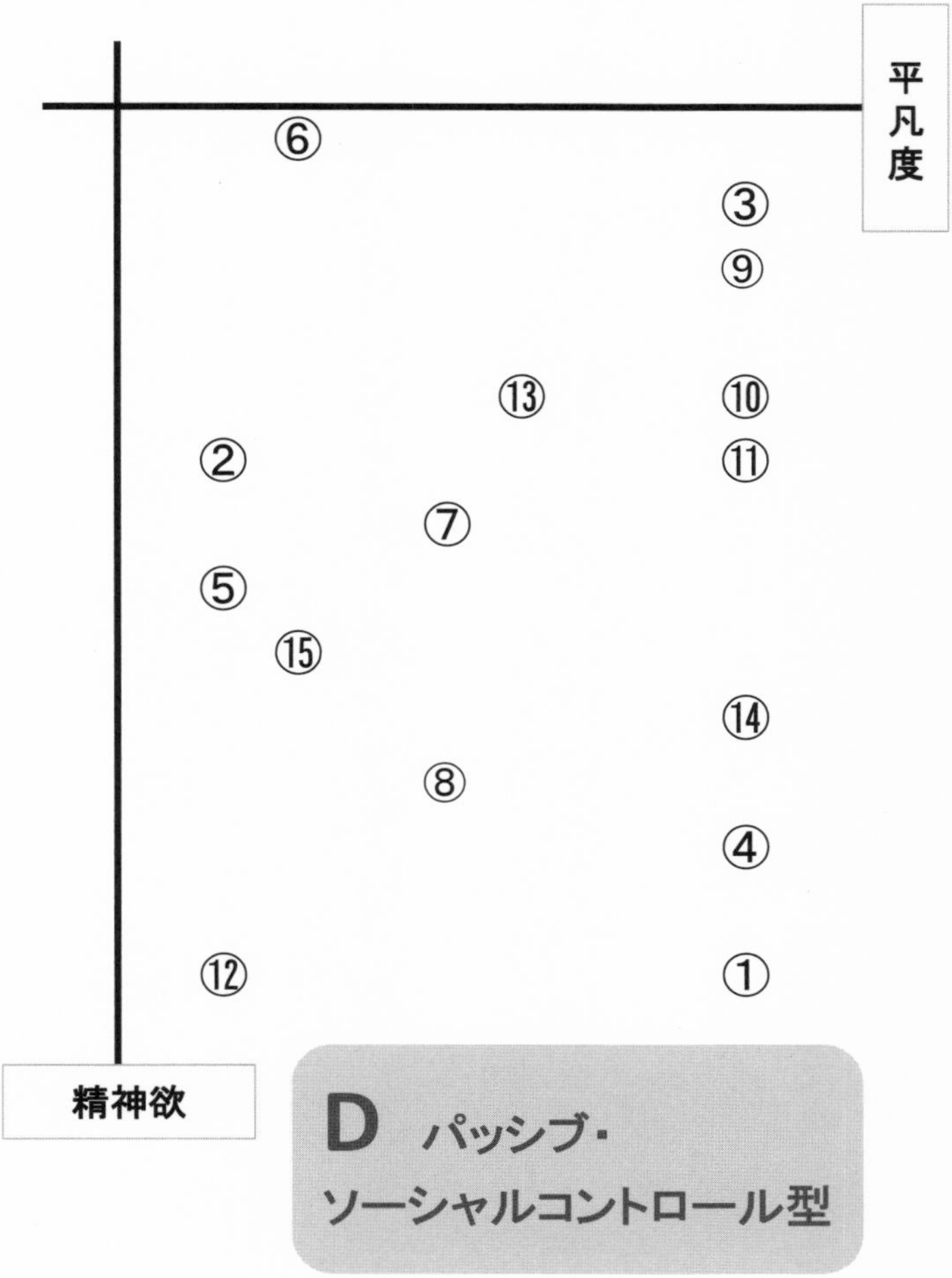

D　パッシブ・ソーシャルコントロール型

①現況にほぼ満足している。
②健康であればそれでよい。
③夫婦・家族共に変化少なく、生活安定、意思、居住環境等に大幅な変更を求めない。
④問題がなければ近隣や交際の変更は特に求めない。
⑤困難な趣味や身の丈に合わない思考、会合等には多く求めない。
⑥生活の安定や人との融和に主眼を置き、無理な投資や危険な事業に手を出さない。
⑦なじみの少ない相手との交際や関連事業には慎重に接し、深く関わりを持たない。
⑧財物の蓄積に特に強い関心を持たない（が、無理に抑制することはないという考え）。

⑨趣味の評価、大小とも通常の範囲のもの程度にとどめる。あまり深追いはしない。
⑩時代の平均的習慣や安全性に従って生きる。必要以上に求めない。
⑪義理人情に関して社会通念で決定。
⑫渡る世間に鬼はないという考え方（通常の性善的思考）。
⑬行事や旅行などでは自己主張を控え、多きに合流する。
⑭人間は万能ではない。「人のふり見て我がふり直せ」という思考。
⑮日はまた昇る。止まない雨はない。川の流れが同じものは常識。

人生、幸不幸の振り幅が激しい。

人間の幸不幸は終局的に心が感じるものだから、平凡非凡の選択も個人の価値判断で決するものだと思う。

第三章　非凡な生き方にシフトした人達

生き方をシフトして、社会的に成功した人も、失敗した人もいる。ここでは、私の知る範囲で非凡な生き方を試みた方々を列挙してみたい。なお、プライバシー保護の観点から、名前は伏せさせていただいた。

・I氏…秋葉原の電気店社員から外国製洗剤の販売で一時成功。その後、ネットワークビジネス方式の販売の行き詰まりにより数年で失敗。
・T氏…帽子職人から縁日などを中心に出店する好成績の露天商。
・K氏…建築会社サラリーマンから屋根塗装の合理化に成功。

・F氏…N自動車社員から保険代理店社長。英語塾経営で大成功。
・Y氏…N自動車社員から建築会社経営。
・X氏…広告会社社員から大手プレハブ会社役員。
・FK氏…旧制中学校長から質店経営。
・KD氏…土木建設資材の営業マンからコンピューターソフト会社代表。
・KW氏…ミシン会社セールスマンから有名占い師。海外移住。一〇〇歳。成功。
・A氏…自動車セールスマンからラーメン店（失敗）。
・KS氏…ボクシング選手から住宅改修業。
・MY氏…鉄工所勤務から写真館経営で成功。
・NH氏…自動車会社勤務からクラシックカークラブ主催。

・ＴＹ氏…木製サッシ製造からアルミサッシ受託製造大手になり大成功。

あとがき

社会の各種のニーズを掘り越こす時に思い出す言葉として「お客様は神様」という格言があるようだが、これを過信してはならない。

なぜならば、世の中に近似値はあっても絶対は存在しないように、常識の非常識化及び非常識の常識化も、いわば相撲の巴投げのようにからみあう大きな進歩の要素の一つだからである。本著の題名にあるように社会における各種のニーズを自己の趣味、実利の方向に引き寄せると同時に自己の趣味主張もニーズの側に近づけて、その妥協点を見出す必要があるだろう。平行線ではそれが成立しないから。

この事は前述に常識の非常識化なる言葉で表したが、この屁理屈的でお笑いだろうが、世のニーズにも己の趣味にも、それぞれ個性があり、時々刻々と変化するものだからこれを甘く見たり軽んじたりしないでほしい。常に自然は厳しく、時にはやさしく、しかし人は順応性が大きい。なめてかからず恐れず生きることだと思うのである。

これまで偉そうに理屈を並べたが、私が全部履行できたわけではなく、終生の目標としてきたことだからあまり難しく考えず片肘を張らず、情熱をもってぶつかってほしい。

令和六年三月　筆者

付録　旅の風情《うた》

本編でも少し触れたが、私は旅行を趣味の一つとしており、これまでに世界百か国以上を訪れてきた。ツアー旅行では、旅先で俳句や短歌を詠む参加者の方も多く、ある時、私もそれにならって、我流ではあるが句や歌を作り始めた。紛争や政情不安などで、今では訪れることが困難な国も多数あるが、いつの日か平和が訪れることを願ってやまない。

些少ではあるが、ここに「旅の風情」として十六句を掲載することとする。

風を読むと云いつゝ今朝の旅支度
東京自宅にて早朝

西果《さいはて》を包む夕日は人も浴《あ》む
与那国島の巨大な夕日

夢醒《さ》めて桂林《けいりん》の夜《よ》は霧深く

狭霧《さぎり》消え川面《かわも》に残る舟一つ
以上、中国桂林の川霧二句

シルク路《じ》の砂じん静《しず》みて月さやか

絹《きぬ》の路《みち》焼きたゞれてや月あかし
以上、シルクロードの旅、昼夜二句

樺太《からふと》にこの世の涙捨つる秋
サハリンにて老叔母の代参り

あわれさが天ふるわすやひじり堂
厳冬（マイナス三〇度）のシベリア、聖堂のミサ

明《あけ》に笑み暗《やみ》に吠ゆるゝ南極《きわ》の海

人知《じんち》もて抗《あらが》う海や船《（骨）》一つ
　　南極海及び二百年前の船の残骸二句

旅の雲我と競えや此の葉《（はがき）》もて
　　ケープタウン（喜望峰）より

月おぼろ美人揃いの露天風呂
　　万座温泉にて

紅《ベニ》の茶ともて帰りたき旅の女《ひと》
セイロン（スリランカ）の旅より

若き日の夢よみがえる木賃宿
イエメン・サヌアにて。内戦の止んだ時、深夜宿探す

天の川天寿の恋の路《みち》しるべ
南アルプスの夜、この世の想い断ちがたく

百歳《ももとせ》の母残し居り旅の月
アフリカ・ジンバブエの夜、動物の咆哮ひびく

光嵐《こうらん》

著者プロフィール

五十嵐 大（いがらし だい）

東京都在住

昭和16年４月　東京都松沢国民学校入学（１期生）

昭和25年　奈良県立大宇陀高等学校入学

昭和28年　東京都立神代高等学校卒業

昭和28年　東洋大学経済学部入学

昭和32年　東洋大学経済学部卒業後、日英自動車株式会社入社

昭和46年　光洋企業株式会社を設立、代表取締役として測量機製造に携わるほか、商品を多数開発

平成12年　光洋企業株式会社代表者退任

趣味は、電気機械工作、自動車、旅行（世界百か国以上）、温泉と健康の研究、江戸浄瑠璃（新内節）、小唄（堀派）など

執筆作品

「土木建設見積作成要覧広域」「凡人が非凡に生きる時人生は面白い」

「趣味と実利の二刀流」「旅のうた　光嵐」

趣味と実利の二刀流　凡人が非凡に暮らすテクニック

2024年７月15日　初版第１刷発行

著　者　五十嵐 大

発行者　瓜谷 綱延

発行所　株式会社文芸社

〒160-0022　東京都新宿区新宿1－10－1

電話　03-5369-3060（代表）

03-5369-2299（販売）

印刷所　図書印刷株式会社

ISBN978-4-286-25433-3　　JASRAC 出 2402955 － 401